当代诗人自选诗

比这三年更安静

王大块 著

中国书籍出版社

图书在版编目（CIP）数据

比这三年更安静 / 王大块著 . — 北京：中国书籍出版社，2019.4

ISBN 978-7-5068-7232-4

Ⅰ.①比… Ⅱ.①王… Ⅲ.①诗集－中国－当代 Ⅳ.① I227

中国版本图书馆 CIP 数据核字（2019）第 027542 号

比这三年更安静

王大块　著

图书策划	成晓春　崔付建
责任编辑	成晓春
责任印制	孙马飞　马　芝
出版发行	中国书籍出版社
地　　址	北京市丰台区三路居路 97 号（邮编：100073）
电　　话	（010）52257143（总编室）　（010）52257140（发行部）
电子邮箱	eo@chinabp.com.cn
经　　销	全国新华书店
印　　刷	三河市华东印刷有限公司
开　　本	880 毫米 ×1230 毫米　1/32
字　　数	70 千字
印　　张	7.5
版　　次	2019 年 4 月第 1 版　2019 年 4 月第 1 次印刷
书　　号	ISBN 978-7-5068-7232-4
定　　价	45.00 元

版权所有　翻印必究

目录 / Contents

第一辑　草坪

002　手推车
003　一瞥
004　叶子
005　相遇
006　柠檬
007　白开水
008　正午
009　普照
010　不安
011　你
012　后天
014　一眨

015 凉
016 一体两面
017 又是阴天
018 书　签
019 四个核桃
021 颠　簸
022 大扫除
023 宿　敌
024 表　情
025 指关节
027 夜幕下
028 时　光
030 喷　嚏
032 崩　塌
033 草　坪
034 埋　伏
036 爬　山
037 散　热
038 嗜　睡
039 过　程
040 切割风
041 天　桥
042 朱　槿
044 房　子
045 赏　荷

046　蝉
047　悲观的闪念
048　走　了
049　宋朝沉船
050　停　车
051　晚上九点
052　园　丁

第二辑　在雨中飞

054　新　年
055　后半夜
056　慢
057　热
058　心　虚
059　宁　静
060　光
062　新年贺词
063　新年散叶
066　新年快乐
068　眼　镜
070　忽然变成一棵树
072　荒　原
074　小事故
076　木　棉

077 清晨两小时
079 达摩根雕
081 清晨的心情（六首）
084 两千公里之外的一位老人去世了
085 白　发
086 如　常
087 花在抖
088 夜市工装
089 禾雀花
091 岭南水果（十二首）
096 潮湿季
098 四　月
100 悠长的早晨
102 下　班
104 在雨中飞
106 树　根
108 紫　薇
110 石板路
112 水房子
113 听说台风要来
114 我数着这些雨滴
115 如果海水突然站起来
117 好大的风
118 我要望一望远处
119 倒　车

120 旧　物

122 河　水

123 打　伞

124 情　人

125 点　头

127 车过隧道

128 车　厢

129 骂　街

130 晚　点

132 鸡　鸣

133 流　浪

134 院子里的事物

136 被追杀的草

138 枫林谷

142 清晨洗手间

144 雨　后

145 和　解

147 举　着

149 醒　来

151 告　别

152 寂　静

153 傍　晚

154 拾荒者

第三辑　时间

156　糖　果

158　路　灯

159　等你醒来

160　清　晨

161　阴　天

162　微　曦

163　醒来的我

164　午　休

165　台　风

167　我的爷爷

171　一路上见到的

174　她在笑

176　车停在哪里

177　公共汽车

178　父母之年

180　柿　子

181　深入骨髓的故乡

182　风吹过平原

184　倏忽鸟飞走

186　七十九与九十七

187　时　间

189　芦　苇

192　遗　忘

193　说　话
194　寻　找
195　最后一天
197　飞　奔
199　出租车
201　遥望雪
203　吃掉一片橙子
205　长　大
207　清　亮
209　黄　昏
210　邻居送来两个柚子
212　暗　伤
213　卖废品
215　吵
217　司　机
219　坏　牙
221　自言自语的人
223　自然醒
224　嗓　子
226　照镜子

227　后　记

第一辑 草坪

手推车

相隔不远的两辆手推车
坐着两个干净的人
分不清是男是女
九个月的人
目不转睛盯着身旁八个月的人
眼神清澈如水
八个月的人伸手触摸九个月的人
手推车同时颠簸一下
他们的身子震了一震
各自望向自己的远方

2018年1月4日

一 瞥

五年前我曾数次走进
这家房产中介
只一个老板,连老板娘都没有
我要买的房子没有买成
今天偶尔路过,见里面人影晃动
老板肯定不认识我了
我现在有房子住
当初的房子卖给了谁
老板是否已经结婚?

2018年1月19日

叶 子

一片叶子飞进车里
落在副驾驶座上
那么沉稳,那么淡定
叶脉像伸开的臂膀
我岂舍得把它丢出去
它似乎是一个信使
要给我传递什么消息
这个消息我还没读懂
即使读懂了我也会把它留下
就像招待一位远方来的
风尘仆仆的朋友

2018年1月20日

相　遇

照片上
一个毫不意外的中年女人
有皱纹，眼袋和灰白的忧伤
她选择了黑色的衣服
和背景的山峦有点不般配
身边的少年衬托出一点慈祥
想起二十五年前，唯一一次见到她
夏日街头的树
一个咔咔作响的高跟鞋少女
刚做过的发型
啫喱水固定出两绺头发
垂下来，细细地围住白皙的脸庞
她的柔媚漫天飞舞
遮盖了货车扬起的灰尘

2018年1月21日

柠 檬

一个柠檬
每天切一片放进杯子里
从早晨到晚上不停续水
第一杯是温水
禁止开水,以免烫伤它
第二杯起,始终矿泉水
凉而酸
我从最浓喝到最淡
睡觉前将其倒掉
打量一下身体
平静如初
不知为何并没变浓

2018年1月21日

白开水

加糖变红,泡茶变浓
遇上咖啡,心事重重
这一杯白开水
我是想减掉一点什么
白开水映着我的脸
无可奈何

2018年1月22日

正　午

正午的阳光
把绳子晒得闪闪发亮
绳子的一头儿牵着打手机的短裙女
一头儿牵着一条大狗
女人笑着
大狗蹲着
屙出一摊屎
傍晚从这条路经过
那摊屎已经干了
张着嘴
仿佛短裙女的一声笑

2018年1月23日

普 照

爱像阳光普照万物
如果感受不到
也许你站得位置不对
阳光像爱普照万物
如果有人感受不到
也许是照射的角度不对
普照啊普照
我们一起去吃糖果

2018年1月23日

不 安

关上水龙头
水仍在滴
落在下面的塑料盆里

一滴透明撞击一块透明
响声在安静的屋子里荡开

即便它是有规律的
仍让我焦虑和不安
一点小小的改变都会颤抖一天

我坚持着没有撤走水盆
那滴滴答答的不安
可以让这一天有点不同
可以把昨天和明天掩盖

2018年1月28日

你

写下一个"你"字
不知对应的是谁
可以确定的首先是自己
站在对面看到自己
还有就是妻子
她是我唯一每天握住的人
但我很少或者说不愿把她写在文字里
除此之外
"你"只是一个虚词
写下，就像面对一团空气

2018年1月29日

后 天

他要去一个叫做"光明"的地方
车厢里荡漾着莎拉布莱曼的歌声
飙到高音时,需开窗放出去一些
从流塘路出发
经上川路、宝石路进入南光高速
周末的宝石路车辆较少
可以开至七十迈
这样还经常被其他车辆超过
路边的树木比车内冷
天上的流云比昨天清
下高速跟着导航拐几道弯
那几条路他总记不住名字
他要去参加一个诗会
有几个人正坐在桌旁喝茶聊天等待他

今天还是周四
以上情形将在周六发生
即使有变，也只是个别细节

2018年2月1日

一 眨

我站在路边
没挡住任何一个人
无所事事
定定地盯着前方路口的红绿灯
红灯要灭之前一眨一眨
过一会儿
绿灯要灭之前一眨一眨
我的眼睛一眨一眨
和它们的频率一样

2018年2月3日

凉

手是凉的
摸到哪儿都凉
窗户凉。书本凉
桌椅、花盆凉
衣服下面的皮肤,碰一下哆嗦一下
灯光暗淡
胳膊举着手,不知往哪儿放
呆呆地停在半空中

2018年2月5日

一体两面

问起某件事的时候
对面一张吃惊的脸
他是遗忘了
有些事物擦肩而过便已走失
挂在田野的树上任风吹干
我忽然怕他反问
我的身体里隐藏着更多的道路
无法用一体两面来解释这种尴尬
也无法用吸烟来安慰短暂的沉默

2018年2月11日

又是阴天

天将亮时梦还十分鲜活
晨光越明晰　梦越混沌
我暗地里用力
希图用拉伸来控制或者打捞
貌似有人在更远的地方无意间做了点什么
撒在床上的，我的身体
一会儿沉下去，一会儿浮上来

2018年2月11日

书　签

夹在两个问题之间的书签
仿若让其暂停
也似令其消失
我自己都说不清何时再拿起它
如果我把必经的一天都当成困扰
那么困扰我的
显然不止床头这些

2018年2月11日

四个核桃

两个被我夹碎
像从破裂的脑袋里抽出脑仁
牙齿咀嚼时不是特别理直气壮

另外两个长相好看
成了文玩核桃
如今在我手上相互碰撞

老田提醒我小心它们落在地上
核桃尖若磨掉就不值钱了
多么奇怪的理由都令我战战兢兢

身体里的四兄弟
随随便便控制了一个人
那是他自己的选择也怪不得别人

本来以为很多的关系
最后成为一个关系
有的经过了慎重思考有的连慎重怎么写也没搞明白

2018年2月11日

颠　簸

我骑着自行车在马路上飞奔
车筐里装了一条烟
如同你看到的画面
轮子颠簸一下　香烟掉出来了
再上车后要小心翼翼
让我慢下来的不止浅坑和这条烟
还有自责

我自己也有过逃跑的念头
最后同样恢恢地回到车筐里
香烟给谁抽都没有关系
那个人手里的火机一闪一闪
他黑天白夜地等待着我

2018年2月11日

大扫除

春节前几天收拾屋子
我把窗台上一个贵重的打火机扔掉了
它已经在那里三年　没有点燃过任何东西
赠送者是谁我都想不起来了
这样也好　我就不用欠谁人情
窗台归于清爽 像从前一样
什么事都没发生
我自己把简单想复杂了
实际的关系还在那里
没错，是我和赠送者的关系

2018年2月16日

宿　敌

我每天都见到尸体
一条被斩成三段的鱼
还可以保留游泳的姿势
一只被蒸熟的猪蹄
再也无法把路走完

我羸弱的同情心
只适合用来攻击
不适于日常使用

何况我自己也走在危险的边缘
总会遇到刀子、铅笔、热水和汽车
这些笑嘻嘻的物体
往前走一步 就会成为我的敌人
就会让我和那条鱼一样

2018年2月16日

表　情

半夜起来如厕
轻抬脚　轻落脚，轻关门
门框有点紧
龇牙咧嘴
此时我的表情　被广阔的黑遮掩
暗暗用的力气　在凌晨显得突兀
不要惊醒枕边人
让她的睡眠延伸到天光大亮
这种小小的意识成为无意识
支使着我，开灯读书时
还在龇牙咧嘴

2018年2月18日

指关节

手指有恙　晨起疼痛
病根肯定来自另外一个器官
穷究可以找到
明天就去医院

想起二十年前
岳父也被此病困扰
还曾一度昏倒

一种慢性病
隔了多少年
能从一个人跳到另一个人身上
并不显老

最早的病因是谁
它将结束于谁
我掐着疼痛的手指
算了又算

2018年2月20日

夜幕下

整个黑夜下面只有两个人
下夜班回家的我
坐在铁皮亭子里的保安
我掏钥匙刷门卡时
旁边伸出一只手,也要帮我刷
我侧身看到了他
此前从没正眼瞧过他
彼此似乎对视了一下
可又什么都没看清
身后咔嚓一声响
我回家躺在床上
夜幕下只剩保安一个人

2018年3月1日

时　光

呵呵呵
裹着围嘴的婴儿发出单调的声音
呵呵呵
抱着她的那个人学她发音
婴儿被逗笑
发出更大的呵呵呵

我想象着多年之后
婴儿推着轮椅
轮椅上是当年抱她的人
正费力地试着发出声音
呵呵呵
婴儿逗他说话
见涎水从他嘴角流出

我跟在他们身后
走过这条林荫小道
身上各自斑驳
我一人分饰两人

       2018年3月10日

喷 嚏

我皱着眉头,张开嘴
脸部肌肉挤在一起
酝酿半天
大声打出一个喷嚏
紧接着是第二个,第三个
飞沫四溅

另一个我,在远处
看身不由己的我,丑态百出

几分钟后,另一个我归位
控制当下的我
揉揉鼻子,尽量装作什么都没发生

每天都离开或进入自己的身体
在彻底放弃之前
我还是要把握好节奏

       2018年3月14日

崩　塌

水龙头慢慢滴水
严谨了十年的它
说绷不住一下子就绷不住了

我能看到我自己
和我身边的一切物品
一种方式变为另一种方式
一种原则变为另一种原则

下一次崩溃我就想象不出了
我的机会只有这一次
目前流淌得还算平顺

2018年3月30日

草 坪

流浪狗四蹄腾空
在午后的草坪上定格
前无猎物,后无追兵
仿佛是神驱赶了它

它不会在乎永恒的
前面那一米宽的沟
也必将被它穿越
瞬间投下的阴影
风过了无痕

2018年3月30日

埋 伏

每次从公园门口那棵树下走过
我都把自己想象成一个埋伏者
躲在树后
虫子般大小,不为人所见
却有超强的爆发力
像一颗长而硬的钢钉

路人都可能成为我袭击的对象
他们脚步里露出太多破绽
只要无意中回头
就能看到我闪烁的光

因了这倏忽一念
我和他们便永无仇怨
身体注定一天天生锈
大家还是安然地各自走开
偶尔回望，无神的一眼

        2018年4月3日

爬 山

我们从山脚下登上峰顶
只为把带来的两瓶矿泉水喝光
左边是两个坐在台阶上抠脚丫的老太太
右边是半躺在石凳上打盹的保安
没有更多的其他人
白云一团团从远处涌到头顶
脚下的这座矮山随着它们的节奏躁动不安

2018年4月9日

散　热

打开车窗散热
凉气、灰尘和声音一起涌来
关上一扇窗，声音小一点
再关一扇，声音再小一点
玻璃透明，隔绝如此明显
全部关掉，终于没有退路
阳光刺眼，宇宙浩渺
我紧张地抓住方向盘

2018年4月11日

嗜　睡

在睡着和醒着之间应该有一条小径
我却头挨枕头就开始打呼噜
妻子告诉我的，一副无可奈何的表情
我确定是走得太快了
路旁排列着望不到头的穿衣镜
我只需侧脸看一下
就会让自己从混沌中惊醒

2018年4月12日

过　程

向别人叙述完一件事
我常犹豫那件事是真实发生过
还是仅仅出自我的想象
如果真实发生过
它是如何地刺痛了我
若是想象
它来自何方
虚构的成分又占多大比例
现实成分又如何引申出这虚构成分
所有的事情我都没有把握
所有的事情都让我游移不定

2018年4月13日

切割风

隔离带。密实的绿
高处的中国结颜色开始变浅
随风摆动
迎面飞奔过来一辆又一辆车
背向而驰的,是更着急的汽车
切割风
回家的人和离家的人
心都似箭

2018年4月15日

天　桥

过街天桥
台阶一层高过一层
从上面下来的少女
白色的脚脖，粉色的运动鞋
灰色的牛仔裤
脚部一颠一颠
下巴一抖一抖

2018年4月15日

朱 槿

当年我被路边的一朵花震撼
纯红色的,凝视我
躲在一群绿叶中间

到岭南去
我要到岭南去
不是我选择了深圳
是深圳收留了我

现在我知道了
它叫朱槿,又名扶桑花

我每天都可以遇到它

在每一个季节

在平静度过的所有日子里

那么多的事物

我只专注于它

2018年5月16日

房　子

深圳北。其实是东莞
深圳东。其实是惠州或大亚湾
一个卖房的人
坐在树下打盹
身前挡着正方形的自制广告牌
他刻意地隐瞒和引诱
在瞌睡中瞪着路人
他的三房两厅：
天、地、人
林荫道和马路

2018年5月16日

赏 荷

荷花长在巨大的叶子上
叶子漂在巨大的水上
水在大地边缘荡漾

阳光长在天上
阴影长在密集的阳光上
我躲在阴影里才能凉爽
最小的我,与最小的荷花互相观望

2018年5月27日

蝉

早晨身体有一点冷
空调温度调得过低
睡眠跳跃不止
好事坏事各执情绪一端
又像往常一样
静听窗外蝉声
蝉鸣天天都在
我却只是偶尔一听

2018年5月30日

悲观的闪念

中午的鸟鸣已与早晨的鸟鸣有所不同
是惯性的叫,还是坚持
反正我始终在听
我的睡眠不再重要
就像生命随时终结
就像悲观随时降临
如果可以,就跟随它们走去
遭遇天黑,以及月光中的魂灵

2018年7月3日

走 了

脚丫子在走
鞋子在走
脑袋走
脖子也跟着走
胳膊和肚子不肯落后
铺满了大地的红砖晃动着走
老人佝偻着腰
瘦的躯干，稀疏而白的头发
嘴里叼着牙签
跟随着那条路，超过了我

2018年7月6日

宋朝沉船

当那些绝望的人复原成雕塑
风浪永远也不会来了

陶瓷和贝壳粘连在一起
看,这海水有你想不到的力量

泥巴从海底走出来
和铁一样坚硬,它再也软不下

曾经咆哮过的,一坨一坨的金子
如今躲在玻璃框子里回忆往事

庞大的船只还剩下一半
经过了八百年,腐烂一定会继续下去
只是游览的人们不能看到

2018年7月14日

停 车

车停好,她打开门
只打了一半就碰到我的车门上
声音不大,就像没有撞过
返回座位,她发动汽车
往前开几米,倒回来
和我对视一下
彼此的位置
正是两人各不相干的距离

2018年7月15日

晚上九点

晚上九点路上还有很多人
皮肤在灯光下白皙起来
脚步踢着远方
牵着孩子的手,不好说他不好
有人鸣笛有人躲闪
潮热一股一股的
树上都挥洒汗水
我站在路边,不知道往哪里去
不确定黑夜一定走向白天

2018年7月16日

园　丁

他弓着腰,要把那蓬乱的绿化带裁直
电锯嗡嗡嗡地响着
仿佛是从他胸腔里涌动出来
震得汗珠从后背上滑落
和着乱飞的草叶在晨光中闪亮
他是我今天早晨路过的第一个人
另一个人和他做着同样的事
不会比他轻松
却仿佛是他的陪衬

2018年7月17日

第二辑　在雨中飞

新　年

你们自己划定了界限
你们自己跨越过去
你们表露的自信
我始终不知是真是假

新年快乐
那带着热气的祝福
口臭里有去年的残渣
我捂紧耳朵
不回击，也不应答
如果不知道悲欣的缘起
我为什么要这酸甜苦辣

2017年1月1日

后半夜

明知接下来黑不见底还是要走路
跌跌撞撞在静寂无声的长街上
白天同行的那么多人说消失一下子就消失了
连影子都不肯再多陪我一程

推开家门可以打开灯
捆扎成一束的光线猛然爆开
那是我唯一的狭小空间
让我暂时忘记现在是后半夜

2017年1月3日

慢

并排着的两辆车
慢悠悠向前开着
没有红绿灯
没有堵塞
没有突然横穿马路的行人
没有任何理由
让它们慢下来

甚至 没有人看一眼它们
除我之外

像两只并排爬行的甲虫
它们向着深蓝深蓝的天空
慢悠悠地开过去

2017年1月4日

热

午后
我把书们放在窗户上晒

有些故事像水一样蒸发了
有一些露出原形
另有一些越来越烫

阳光是我召来的
书们并不知道
一切如常
我却办了件让它们出乎意料的事

2017年1月5日

心　虚

膝盖里隐隐地痒
一定在酝酿着巨大的痛
说不定哪天闹出什么乱子

以前的我不这样疑神疑鬼
坚信每一次受伤
第二天醒来就消失了痕迹

这么多年
那些小疼沉积在体内
有了自己的想法
我似乎已控制不了它们

2017年1月5日

宁　静

我盯着一条狗
哪怕是温和的眼神
只需三秒钟
它就会夹尾跑开，或者
凶狠地冲过来
视力量对比而定

还是去看一只布娃娃吧
我们两个无思想的家伙
盯多久也没关系
宁静，云淡风轻

2017年1月7日

光

一切光亮都显得正面

没有路灯 蜡烛全熄
没有月亮和星星(哦,城市里早已不见)
在最黑暗的夜里
也会有被迫发光的物体。

上帝说过,要有光。
而太阳已经关掉
不再指望天空
当下的光,来自物体的内心
不是要微弱地照亮谁
是自身的必需

它亮着,一个独立的存在
跟白天比起来,依然不逊色
明灭闪现的存在
让睁大眼睛的人不忍心死

        2017年1月9日

新年贺词

一天,就让突然变成惯性
在惯性里只剩下滑行而没有起飞

你又何必这样
为着一个期待,对明年望眼欲穿

但也没必要只争朝夕
太阳升起时,背对着它,你都能读到诗意

2017年1月15日

新年散叶

1

从香蜜湖到流塘路
仅用二十多分钟
汽车从没像现在这般顺畅
而我知道
蚁阵一样的车流正在
通往潮汕、梅州、江门、湖南
江西、广西、四川、云南的高速路上
然后流淌到各个村庄

2

宝安，五六百万人口的制造大区
返乡者至少上百万

有些人,可能不再回来
有些人,长眠在这里
再也无法离开

3

街上逐渐冷清
六万元一平的房子
呵护着一家人的团圆
这狭小的租来的团圆
相当于男主人一个月的工资

4

花市在各个社区开张了
扶老携幼
熙熙攘攘
摩肩接踵
你可以让词汇庞大些,更庞大些
来虚构这个冷清的微信时代

5

虽然冷不起来
但还是要在大街小巷挂满中国结

假装有一个冬天挡在头顶
必须用红色来吸收热量

6

这个春节假期
哪里也不去
憋在屋子里读读书　写两首诗
如果有人约饭　拜年
我会像今晚拒绝三个饭局一样
到永和大王点一碗番茄牛肉面
躲在角落里 一口一口耐心吃完

7

这一年和那一年有什么不同呢
哦，女儿渐渐变高
已经可以俯视我日渐增多的白发

新年很快就会过去
一年的沉闷卷土重来

2017年1月19日

新年快乐

优鲜果园。深圳著名水果销售连锁店
的山寨版
漂泊的我,每天下班从门口经过
买过一次香蕉
再路过时,店主小夫妻同时打招呼:
大哥,下班了。
或者,大哥,去上班。
或者,大哥,吃饭了。
下一次,买山竹,闲聊三分钟。
女店主说她爱好文学,向我借书。
我拣出《打工文学》合订本赠她。
小夫妻要送我水果,我拒绝了。
某一天,见女店主坐在塑料凳子上
读那本厚厚的书。

在附近小区买房以后
再没买过他家水果。
偶尔全家散步到宝安公园
水果店是必经之路
店主还是打招呼,像朋友一样
这是你家小妹吧,好漂亮。
下一次感叹
你家小妹长高了。

清晨凉风拂面
小夫妻骑电单车进货
人潮之中迎面看见
立即停下向我问好。
箱子挂在后座上,颤颤巍巍。

昨日出外办事,途经优鲜果园
忽然想去买些水果,却见大门紧闭。
黄纸上兴高采烈地写着:"回家过年"
无缘无故笑了
心中脱口说了一句:新年快乐。

2017年1月21日

眼　镜

隔着这一层障碍
却把事物看得更清
一条条的皱纹
以及皱纹里被年轮吞噬的青筋

我和你
即使闭着眼睛
也能感到彼此日渐长成的不安

很多时候又是
我们对事物已了如指掌
却眼巴巴地无能为力

不敢说话
或者言不由衷
像一个从来看不清一切的
瞎子

        2017年1月23日

忽然变成一棵树

是谁把我抛弃在这里
我跟谁有血缘呢
这旁边的树
我能否像亲人一样爱它们

心机渐生,开出花朵
吸引小鸟给我传粉
和骑在自己头上拉屎的东西
相互利用

站得更高
隔着窗户窥见了不该看到的
而这场景于我已无任何意义

不管愿不愿意
我都已成为一棵树

晚上站在路边
叶子越来越多
多得我自己都数不过来

2017年1月29日

荒　原

荒原。斑斑的雪迹
奔跑着一只土黄色的兔子
它试图和大地融为一体
但它是一坨逃命的土块

黑沉沉，天空高阔
一只苍鹰展翅俯冲
一米长的翅膀，亦不过一个黑点

一只黑点，追逐另一个黑点
它们的渺小
映衬在苍茫阴冷的天地间

翻过一个土坎还是土坎
翻过水沟还是水沟
气喘吁吁地抬头．

看见那只不肯放弃的刽子手

想过放弃,不能放弃
气流托升着死死地挣扎
战胜这一只兔子
便又顺利熬过一年

逃命者和猎杀者
都是我悲伤的兄弟
一个离自己的家越来越近
一个离自己的家越来越远

2017年2月1日

小事故

剃须刀肯定是无意的
我自己更无意伤害自己

而唇角上方就流血了
像细小的,热的泉眼

盥洗盆里盛了一些委顿的红
镜子里映出一张陌生的脸

一张又一张绵软白纸
擦不净这小小的委屈

依然要拒绝创可贴
不想过多暴露早晨的我

心是惶惑不安的
担心还有其他的意想不到

将那小小的皮肉摁在原地
僵持着，等阳光从小窗缓缓爬入

但瞬间发生的事情
绝不会一天就能解决

2017年2月21日晨

木 棉

通红的，硕大的，鲜艳的
我在北方时没见过
也不知如何把它介绍给故人
那是挂在遒劲枝干上的
热烈的耳朵

它上面的
高高的，白胖的云彩
故人是见过的
轻轻飘过
什么也不听
也不说，也不答

2017年2月22日

清晨两小时

睁眼，眯一条缝
摸枕头下面
刷手机，点赞
熟不熟的，都点一遍
坐起
发呆
打哈欠
伸懒腰
摁亮台灯
读诗
扔到地上
读散文
眼眶一热
转头看昨夜失眠的枕边人
睡得正香
被传染了一样

困意突袭
睡了个回笼觉

再睁眼
阳光渗入窗帘
再拿手机
又放下
爬起
穿衣
天凉，多穿些
厚袜子，薄毛衣，皮夹克
皮夹克的领子硌脖子

洗脸
刮胡子
对着镜子努嘴瞪眼睛
梳头发
眼看着镜子里的人变成另一个人

另一个人穿上鞋子
轻吻一下醒来的枕边人
精神焕发走进电梯

2017年2月23日

达摩根雕

从小苗到成年
从地下到旁边的地下
从输送养分到毫无养分
从生到死
从死到生

然后
就变成达摩
站在案头
穿越千年保佑我

你一定是保佑我的
哪怕偶有疏忽
我也一如既往信你

看你一眼
都忍不住想和你说些什么

2017年2月28日

清晨的心情(六首)

床头

一本书中有一个故事
一个故事有一个我
床头柜上摆满了书
睁开眼就看到那些被我冷落了多日的亲人

鸟鸣

每天叫醒我的是你们,小鸟
声调不一　永远动听
不管遭遇了什么
你们都以同样的心情对我

窗帘

常常是一件小事
就让我辗转难眠
早晨拉开窗帘
哗啦,阳光满室
小事根本没在屋子里

白发

枕边的两根白发似乎能说明些什么
说明什么呢
对于爱着的人
我已不在乎他们的对
也不在乎他们的错
如同掉落的白发
我不必知道它的名字

泳池

春天的泳池是干燥的
俯视下去像个空盆
这个四季不分的城市啊

空盆周围每天都盛开着鲜花

街道

昨夜有人在街道上飚车
突然的噪音把睡着的人惊醒
清晨的街道是祥和的
很多时候
事物都这么本末倒置

2017年3月4日

两千公里之外的一位老人去世了

二十年前他就是一位老人
他好像从没年轻过
咳嗽,吐痰,颤抖
随时都可能过世
对不熟悉的我发老年人的感慨

这二十年我身上发生了好多事
就像河水奔腾向前还有些波澜
波澜掩盖了石头和泥沙
在入海前看到老人的昭示
看到还有蜿蜒的看不到边的遥远

2017年3月17日

白　发

他不再问我染不染发
也许已放弃挣这一份钱
他细心修剪我黑白灰相间的头发
让我满意　他便做对了自己

我的白发越来越多
表象的东西越来越多
谁也帮不了我
这样的年龄　干吗还让人帮忙
我坐着，他站着
电吹风呜呜响着
两人默默地结束了又一次对话

2017年3月17日

如 常

一定有一只鸟牵头
所有的鸟才齐声唱和

不是争论,不是倾诉
不是吟咏,不是讴歌

每个晴朗的早晨
都这样把黑暗拽破

一秒钟,齐声消失
枝叶间,只剩下光线在刺眼地撕扯

2017年3月23日

花在抖

簕杜鹃在抖动
粉红色的棱角再也沉不住气

是风
是风搅起她内心的波澜
让她发觉平静的生活太久了

在四季如春的城市
她很少像今天这般表现

让人们看到不同
看到附加在艳丽上面的激动

她要站在阳台上高喊一声
让小区里的植物都欢呼起来

2017年3月24日

夜市工装

两个穿着工装的少女
在夜市的昏暗灯光里坐下来
安然享受着她们的青春
和这杯绿色的甘蔗汁

她们的未来
是在座位上还是在深南大道
四十多岁的我回望自己走过的路
给不出答案　也想不明白

2017年3月26日

禾雀花

不管内心是什么想法
你都开嫩黄色的花

在这岭南的春天
在暗弱的季节转换里
拥挤着跳跃在枝头

从二十岁到三十岁
从三十岁到四十岁
我一年年发生刻骨变化
你所有变化只在一年中

又是一年轻风吹
朋友渐渐离去
只要你还愿意盛开
你就和我有了关系

2017年4月3日

岭南水果（十二首）

杨桃

你不够甜
正符合我做减法的规划
切开就变了形状
更让我倍感期待

火龙果

满腹的黑点点
那是满腹的话
我不听你说
我还是最喜欢你
因为我女儿曾经喜欢你

　　　　　山竹

南方的水果普遍皮厚
而你皮肤最厚
为了那一点甜
要把你开膛破肚
一定还有比你更厚的
可我不愿再去找它们

　　　　　菠萝蜜

悬在树上的菠萝蜜
像一个警示
越甜蜜的事物
包装得越硬
一旦砸下来
那是真砸
不开玩笑的

　　　　　芒果

单位门口一排芒果树
成熟的时候金黄一片

有个民工在那里采摘
一瘸一拐跑回家
拿给他三岁的儿子吃

香蕉

兄弟姐们
成长的时候在一起
采摘的时候在一起
出售的时候在一起
紧紧抱在一起的你们
被食客强行分开

莲雾

我吃过一只过季的莲雾
虽然还是粉红色
但它的内心
已萎成一团棉花

荔枝

日啖荔枝三百颗
不辞长作岭南人
好诗

苏东坡写给他的政敌看的
你们发配我到烟瘴之地
我过得还是很舒服

龙眼

新鲜的龙眼放不住
可以晒成桂圆干
而且味道更妙
在老饕心中
你比荔枝乖巧

枇杷

好吃不好吃的
我不太在乎
我想着在某个夜晚
水果篮里的你们
忽然发出古音
一个美女在月光下轻弹琵琶

榴莲

吃榴莲的时候不能饮酒
饮酒即中毒

重口味的你
只好选择其一

橄榄

提到橄榄二字
舌根就要泛酸
如同望梅止渴的那些人
一定吃过真正的梅子

2017年4月6日

潮湿季

身上一天都黏糊糊的
应该是皮肤渗出来的水
空气里的潮,有了内应

擦肩而过的那些人
低头看手机
湿漉漉的一个个脚步

他们也感觉不到滑
脚板信任地摩擦地面

地面十米以下的蒸汽
都在汹涌地聚集,撞击马路

一无所知的行人
全部举着伞

隔着蒙蒙细雨
仿佛挡住来自四面八方的虎视眈眈

叶子晶莹透彻
一片挨着一片
在这阴沉沉的天空下
闪着唯一的光

          2017年4月22日

四 月

四月不声不响地过去了
一年的三分之一丢失了
以前过去的每个月
也都变得不声不响

想跟它谈些什么
张张嘴又觉多余

雾气蒙蒙的白天
会友,写诗,上班,吵架
按部就班地走路

三月的木棉已凋落
五月的凤凰花未开
四月的花我叫不出名字

这个月还是什么都没发生
多么好啊
年龄增长经不住风波的我
很想对谁说一声
谢谢

2017年4月23日

悠长的早晨

我是清早来看你的
立新湖
木道饱蘸了湖水的潮气

对面楼房里安睡的人们
我偷了你们的睡眠
藏在氤氲的晨光里

谁从水底醒来,看见了我
将我的影子敲碎
交给荡漾的涟漪

伸手就能摸到的花朵
不用问就了解的四季
周身弥漫着久久不散的香气

我不俯视你,也不仰视你
我平视你的时候,看到一大片的你
斑驳的白云　在四十五度角的正前方一团团涌来

那是一张天与地的合影
经过短暂的黄昏和夜晚
又见到一个悠长的早晨

2017年4月26日

下 班

下班回家的路上
一个我即将替代另一个我
一只影子跟着嬗变的我

天苍苍，野茫茫
六个字
眼前的高楼大厦
轻轻用扫帚清除干净
涂上一层浅黄
苍茫
抹一点点浅白
云朵
人群顺势擦去
只有我，孤独天地间

走几步也可
停下来也可
如果需要,增种几棵树

攀住叫不出名字的树
坐在枝杈上
久久地,久久地凝望着远方

       2017年5月1日

在雨中飞

沿着斜坡的街道
轻轻蹬一下树冠
积攒了一片树叶的雨水
倾泻而下
落在行人的头上

双臂伸展,淋湿一点也无所谓
没长翅膀,却可以自由控制高度
上上下下
走走停停,钢丝上跳舞一样
加速有点费力
正在解决的困扰

我在雨中翻飞
一个特立独行的人被人忽略
人们纷纷举着伞

目不斜视，想着自己的事情

徒具天使之形
心怀世俗之悲
超脱了肉体掣肘
却无法看到更高的高度

现在只有一个问题
既然飞翔
为什么选在雨天
我将阳光的重量置于何地

2017年5月2日

树　根

树干是树干，树冠是树冠
它潜伏着
它只属于它自己

把柏油拱一道浅峰
在道路上砍一条疤
然后就不说话了

共享单车要颠簸一下
汽车要颠簸一下
脚步也要绊一下

都装作什么也没发生
眼睛拒绝和它对视
避免事态进一步恶化

但敌意还是在它心中滋生
汲取着水汽和土气
蛇一样冬眠和游弋

只要人类离开两年
它就不再是现在的它
就会跳出来掐住树干

围困在铁幕下的虬龙
半夜一场雨
在闷雷中夹杂着它阵阵低沉的吼声

2017年5月9日

紫　薇

眼前就是一株普普通通的植物
与它旁边的同类组成小小的森林
绿叶是蜡质的，泛着光
树干像苍老的人的手臂
种在地面上的白花花的手臂触目惊心

被淹没在更大的森林中
它的名字叫紫薇
我看到的就是它的全部
我无法想象灿若云霞，点燃天空
一直蔓延到一望无际的远方
我不能把没见过的美强加到它的身上
我也从不把没见到的恶加到更多事物身上

或许我自己也被强加了绚烂和非绚烂
或许美与恶延伸了另一个我

或许第二次相遇时紫薇正在开花
或许那时候见到它的
已经不再是我

       2017年5月12日

石板路

雨后的青石板路带我上山
它比平时更清亮、更坚硬
更像个向导

两边的树依然叫不出名字
在斑驳的阳光里
扑灭我气喘吁吁的影子

从起点走向终点
站在空中俯视
这段路程一目了然,了无诗意

如果在五十年前
如果只是行人踩踏出的微弱的土路
我将看不到尽头

雨水和泥土搅拌在一起
每迈一下都拽一下裤腿
直至把鞋子粘住，脱下

挣扎着，挣扎着
每一步都感觉气数已尽
每一步的下一步都不可预知

看不到多远，一叶障目
看不到多高，看不到多深
随时被淹没在哗啦啦的林啸之中

就像回溯时间，展望未来
一条小蛇
穿行在崇山峻岭之间

依然是这些叫不出名字的树
它们打量着我
忽然都有了灵魂和笑声

2017年5月13日

水房子

西乡河边站着一对相亲相爱的鸟
草地在它们身后铺开巨大的背景

我远远地蹲下身
揪起一团水，揉搓，捏合

筑成一座房子
等它们住进去

在玻璃般透明的小屋里
它们生一对相亲相爱的儿女

站到河对岸
轻轻啄着粼粼的波纹

2017年5月26日

听说台风要来

听说台风要来
一万个人关闭了窗户
一万个人侧耳倾听千军万马呼啸奔袭之前的静寂

一只吸血的蚊子
在我手臂和脚踝上刺了一个个红包
它沉浸于自我享乐的轻浅游戏
它被欢快的音乐引导出
一圈又一圈的嗡嗡嗡，嗡嗡嗡

我必须期待更宏大的叙事
双手合十默念天空大地雷声和裂缝一样凄厉的闪电
我要确信自己可以凌驾于一万人之上
确信小小的困扰可以和阳台上被风吹乱的植物交谈

2017年6月13日

我数着这些雨滴

我数着这些雨滴
乌云抛弃的孩子成了我的珍珠
叮叮当当敲响一阵鸟鸣

一切都过去了
空气凉爽而潮湿
树叶翠绿而明亮
道路拥挤而干净
一个叫台风的人走了再也不要回来

2017年6月13日

如果海水突然站起来

海浪只是探了探腰
我便惊惶失措

如果海水突然站起来
伸直了匍匐的身子
吐着碧蓝的舌头
把鱼虾和海龟丢给我

风瞬间停住
棕榈树还在围观
只剩下热和汗水
悄悄流淌

如果海水突然张开嘴
说出不该说的话
我不知如何作答
另一个我,看着目瞪口呆的我
定格成湿漉漉的远山

       2017年6月26日

好大的风

好大的风,在夜晚的窗外
一波又一波地翻滚而来
后面的声音盖过前面的声音
又被更后面的声音淹没
你不知道声音的最高处在哪里
你听到的是茫茫云层下一座高过一座的峰峦

颠扑的风里一定夹着某些重要的预言
要报告给这一路经过的所有楼群
躲在被子下面醒一会儿睡一会儿的单薄的你
看透了那风中的空,空荡荡的虚
假设自己站在明天清爽而平静的街头顾盼流连
如果不是明天
那就是后天或者更晚的后天

2017年6月26日

我要望一望远处

我要望一望远处
我要把眼前的骑行者连同他的共享单车一起推向天空
把他变成一个小黑点
变成湛蓝的天空上的瑕疵
天气晴朗
昨天的倾盆大雨，吞没人的恐惧此刻全被晒化
压抑的氛围变得高阔
这还怎么好意思继续沉浸于身边的小蓝
我要目不转睛地注视极远的远处
一望无际的湛蓝
一个微不足道的骑行者在那里幸福地前进

2017年7月19日

倒　车

一排排的树木，往前面跑起来的速度
比往后面跑得更快

谁说前面就柳暗花明
谁说后面就是遮天的雾霾

你若调转头来
便是永远前进

看啊
司机沉浸于年轻时代
乘客都在昏昏欲睡

车窗紧闭着。想跳车的醒来者
你更需要氧气

2017年7月20日

旧　物

你可以是任何东西
一把扇子，几个钉子，一本书
一只手枪，一块石头
一个不卑不亢的情怀

其实你不旧
八成新的面目里
一个小小的皱纹
雕刻着那一两次被使用过的记忆

暂时收敛的锋芒
依然放射寒光
咄咄逼人的气势
仿佛一声呐喊：我在这里

放进柜子里的计划
一天天等待实施
那个小心翼翼珍藏你的人
他的爱情正按部就班地行进

他早晚会来的
就像第一次对你温柔相待
他看你的眼神都有所不同

而其他物品已经碾轧了你
你还不知道
自己无法两次踏入同一条河流

那个留下你又放弃你的人
也不知道
他自己已经被淹没
和你一起漂泊在滚滚的激流中
你们确定没有未来

        2017年7月25日

河　水

一条大河从遥远的地方飘下来
在我的镜头里一直冲到我的眼前
我下意识地偏一下头
以免溅起的浪头把我打湿

2017年8月13日

打 伞

雨停下来了
伞还是要打一会儿
这平复心绪的时刻
树木会整理衣衫
流水渗入地下
你也要等一个人

2017年9月7日

情　人

大海一定会朝我涌来
一波又一波
随着我起起伏伏的呼吸
日夜不停地赶来

"他快撑不住了，
我们去解救他。"
大海一个湛蓝的奔跑
打碎了一群海鸥的倒影

而我看到了边界
看到了戛然而止
默默地站在岸边
我眼眶湿润
只把海风捧在手中

2017年9月8日

点　头

点头，点头
没人喊停，你们就一刻不停

有人喊停又怎么样
穿梭的汽车轰鸣压住了口令

一眼望不到底的簕杜鹃
每一株枝干上都挂了几颗思考着的头颅

你们不再反对哪个季节
从不摇头
春天也点头，秋天也点头

更不去否认天气
雨来的时候点头
风来时还是点头

眼睛起起落落
看穿了天上掉落的尘土
以及脚下的土地里钻出的小虫

花朵们频密地点头
护卫着谁,你们就歌唱谁
把西乡大道染成两条耀眼的粉红

有时候点头深一些
有时又会浅一些

浅的时候是开心
深的时候是很开心

2017年9月17日

车过隧道

野树、峰峦、低矮的白房子
摇曳的花朵,盘旋的山路
转瞬即逝,这虚构的远方

无须忧我耽于某一事物
火车尽管往前开
靠在座位上,一动不动的我
比你跑得更快更远

2017年9月22日

车　厢

整个车厢里
都弥漫着那孩子
尖锐的哭嚎
那声音
仿佛猛然戳在石墙上的竹子
四分五裂的竹片
颤悠悠抖晃着
根根扎心

2017年9月24日

骂　街

走路，手总是不老实
随手揪一片叶子
一半掐在手里
一半留在枝上
不经意回头
见绿化带上一排植物枝桠乱晃
仿佛一个家族的人在跳着脚骂街

2017年9月30日

晚　点

火车在平原上穿行
白色的，灰蓝色的小平房一掠而过
直立的细杨一排排向后倒去
前面的杨树排列略有不同
火车稍慢下来
它们就像跑累了一样，大口喘气
透过树木可以看见一汪汪水坑
在深秋的早晨准备封冻
庄稼都收完了
平整的土地苍黄一片
连接这片和那片的道路上
农人以及汽车缓慢移动

高耸的电线变压架让他们显得微小
晚点的火车着急地向前赶路
把更多的事物甩到故乡后边
前面就是我的故乡
亲人正等我们回家吃饭

2017年10月2日

鸡　鸣

凌晨三点半
黑白未到临界点
鸡鸣此起彼伏
大公鸡，小公鸡
粗门大嗓的公鸡，纤声细语的公鸡
从村东到村西
从村南连片的枣树林
到村北时常干涸的河流
从看不见一颗星星的天上
到雾气渐渐生成的地面
村子里的人越来越少
它们越来越像平原的主人

2017年10月3日

流　浪

瘦弱的狗
背着一身骨架
走路蹑手蹑脚
游荡在村庄周围
目标是寻一家主人
每日领取固定的残羹

有时半夜突然狂吠
却不知为谁看家
有时突然跑起来
径直奔向院中的猫碗
被猫瞪一眼
吓得立时停住

2017年10月3日

院子里的事物

红黄相间的太阳花紧抓着地皮
围着篱笆开了一圈

大葱根根挺立
辣嘴巴藏在淌着白色乳液的绿色皮囊下

香椿已经老了
春天时结的嫩芽早被吃光

枣树还剩一座树根
四十年的寿命留在年轮里

柿子树的果实由青变黄
簇拥着堕向坚实的土地

黄豆只有十几棵
饱满的豆荚在深秋都不敢大声喧哗

抬头撞见高粱
高粱俯视一切低于一米的物体

黑猫卧在两垄白菜间
瑟缩着，雾气笼罩着它

2017年10月4日

被追杀的草

在城郊,一片郁郁葱葱的草
丘陵把这肥硕的绿高高举起

楼房正一步一步追近
跳过那条沟渠就会掩埋它

我是说,我在绿意里看到一股煞气
被逼出来的不屈

"给我一块空地,
我就传染整个地球"

"给我二十年,我就把
整个楼群淹没"

一岁一枯荣的绿
睡一会儿,醒一会儿
它看到了更远的远方

2017年10月6日

枫林谷

1

阳光先是从天上跌落
刺眼的一团
又从山顶浅薄的白雪上滚下来
虚空的上午一定承接不住更虚空的亮
这是十月的东北,十月的桓仁枫林谷
风渐冷,吹透白衣衫
山脚下的人一起向高处爬去
他们只有走得更高
必将和树缝里渗透的光线融为一体

2

石头站在溪水里
青苔站在石头上
光亮覆盖着青苔

昨夜的一场雨
让溪水跑得更快
每天跑着同样的路
它们无视每天不同的路人
越跑越快，湿漉漉变成哗啦啦
溪水是山谷的最低处
两侧的峰峦越远越高

3

细分辨，远近只有三种颜色：
黄红绿
树木自身的成长使之复杂：
嫩绿、浅绿、深绿、更深的绿
红黄亦然
阳光随时改变它们的形态：
表面的红更明亮

背面的红更沉郁
还有水,还有早晨和夜晚的更迭

几亿片叶子都被山峰托举着
争抢着耀眼
不敢掉以轻心

4

人们看到的还是漫山遍野的红
它站在了绿的前头
其实耸入云霄的是蒙古栎、山桃稠李、松、桦树、枫树
一律低矮、纤细
一律见缝插针
倾斜着身子、扒住石缝
伸开臂膊作遮挡状

桓仁民谚:
霜打洼地,雪下高山
枫叶尽量站在洼地上
山谷的洼地或峰峦的洼地
哪怕山中岁月阴晴不定

5

落下来就踏实了
再红也有落幕的一天
悉悉索索覆盖了一层又一层
被雨水浸湿

台阶上的枫叶和树上的枫叶没什么不同
七瓣、九瓣、十一瓣
据说还有十三瓣的
女子捡到可获美满姻缘
谁也没见过十三瓣是什么样子
谁也不关心一片叶子想了什么
叶子随风飘远

6

道路两旁的树斜身成篷
倒在路边的木头倾听着水流
鸟鸣，隐隐
人声，听不清

2017年10月12日

清晨洗手间

绿萝最先醒来
叶片上一滴水珠滚入玻璃瓶口

台角那卷卫生纸摇摇晃晃
若被风吹落
定会萎命于马桶的积水中

岳父做的两个小马扎
一个骑在另一个身上

六瓶洗发水,高低错落
单位的福利,一直都没用完

镜子晶晶亮
让人怀疑有蟑螂爬过的痕迹

昼伏夜出者，躲开最具攻击性的人
物种和物种到底有多远的距离

香皂、牙膏、洗面奶、梳子
还是昨夜的老样子

睡前晾下的浴巾已经干透
耷拉下来的姿势更加慵懒

各位可以再慵懒些
今天是周末不用上班
不用面对相处时间占比最高的陌生人

2017年10月21日

雨　后

泥土上贴着一串脚印
脚印的主人不知去了哪里
他的远方是晴朗的
如果阴沉他会继续寻找

他不小心构筑的世界里积满了雨水
雨水中布满逃难的蚂蚁
蜗牛在岸上无能为力
它扭头走了
它从不说明自己应该怎么面对这无常的世界

2017年11月5日

和　解

右眼睛疼
别人站在对面
获知的是我左眼睛疼

从角落开始,蔓延至整只眼睛
眼睛的角落
于世界是多么渺小不堪

我强忍着不去揉它
不是要保护它,而是保护我
我和它,在同一整体上对立

我希望明天看到和解
不再追究根源
让肉体归于精神
舒适归于天地

2017年12月4日

举 着

我总设想黄昏是一场博弈
一个人站在太阳底下
用力往上顶
也可能不是一个人
而是一个事物

太阳庞大地压下来
下面的人迸发出更大的力量
遥远地看到的
是不可逆转的压制和抵抗
再多盯一会儿
呈现的却是穿透
太阳沉下去了
那个人站起来了
身上沾满霞光
黑夜没有降临

它躲在更高远的天空

犹疑着

不知道该不该降临。

2017年12月16日

醒　来

周末的午后醒来
忽然变成另外一个自己
也许欠下的债不多
仅一个小时的熟睡
便身轻如燕
也许欠下的债太多
减轻一点就像减轻了许多

吃了一粒橘红
润喉的岭南零食
坐在床头发呆
空前的身体舒适给我带来巨大的（　）
括号里我不知道该使用哪一个词

哪一个词都会降低此刻的快意
我不知该怎么消耗接下来的两个小时
是的,最多也就是两个小时

2017年12月16日

告 别

把杯子放到桌子上
再小心，也会有轻轻的一声响
物体撞击物体的声音
端起一个杯子
再小心，也会有一点声响
是杯子和桌子告别的声音

2017年12月18日

寂 静

一瘸一拐的老妇人走在前面
我的天地,一左一右站不稳
我深入地想一想她
天地就晃得厉害,甚至发出了轰鸣

2017年12月22日

傍　晚

老人点起一支烟，吸一口
递给坐在对面的老人
石凳托着他们俩
大树下，夜晚弥漫起轻霾
候车亭灯光暗淡
十几个年轻人站在马路牙子下面
各自低头看手机。
吱嘎一声
公交车关掉远光灯
下来一些人
上去一些人

2017年12月28日

拾荒者

拾荒者看见我,也似没看见
他的眼睛盯着远方
我是他的路人甲
他的远方一定比我的远方更远
我戴着五百度的眼镜
他不戴
一眼就能瞄出一摞报纸有多少斤
值多少钱

2017年12月28日

第三辑　时间

糖　果

承认了糖果的甜
就等于承认自己贫困的童年
并揭开了无数的痛
我为一颗糖果哭泣
比错过了一所已经涨价二百八十万的房子
还要悲伤
我和弟弟打架
比仇敌还要仇恨

失落的甜
今天还是很甜
圆滚滚的糖果　长方形的糖果
在超市里与我
擦肩而过

多少个夜晚

梦到不计其数的糖果

五颜六色的糖果

欢笑的　青春的糖果

张开着双手　向我飞奔而来

一梦惊醒

却见糖果死了一地

2016年3月19日

路　灯

挂在上面的
不是灯
也不是眼睛
是一颗心
它不只是看着你
还爱着你

就像我的亲人
一路爱着我

就像你的亲人
还爱着你

2016年3月23日

等你醒来

等你醒来
穿过鸟鸣
看着满脸疲惫的我
错愕地问我
昨晚
究竟发生了什么

2016年4月3日

清 晨

一万个鸟鸣
穿越绿荫
欢笑着扑来
淹没了我

一万朵阳光
从后面追来
把一万个鸟鸣
晒化了

2016年4月8日

阴 天

阴天像一个随时可以控制我的人
那么黑那么巨大那么压迫
明天到底会是什么样子谁也不知道
他们和我一样被笼罩着：欢笑和小忧伤
其实小忧伤也表现为欢笑

2016年4月22日

微　曦

大叶榕下飞过骑电单车的大爷
一坨粤语欢笑着砸向卖河粉的摊贩
如果你爱，微风就凉爽得像擦肩而过的短裙少女
如果你爱，每个早晨都会被清洁工的扫地声叫醒
和她共吃一份喷香的肠粉

2016年4月30日

醒来的我

如果没有和世界在一起
我醒着睡着又有什么不同
当世界都没有醒来时
醒来的我　怀疑自己是不是醒了
强大和孤独都不如一棵树自信
宠辱不惊　随风起伏
树上飘下的一片叶子在笑话我

2016年5月2日

午 休

抬头望见五万元一平的房子
低头读一会儿三十三块一本的旧书
阳光平静如水
一分钱的心事都没有

       2016年7月20日

台　风

天空中布满关于你的传言
在你到来之前
它已经层层传递
压到了楼顶

避雷针蹲下身子
棕榈树抱紧臂膀
菜坛子跳下台阶
悄悄躲入阳台一角

你的传言穿过大街小巷
敲击着墙壁　咚咚作响
孩子们隔墙和你呼应
热烈期待红色预警发出的一刻

停下来　停下来
暴雨　雷电　砸翻的广告牌
被风卷走的汽车和棚顶
棚顶下不幸落难的路人
传言已替你做好了所有铺垫
你呼啸而来之前
所有人都睁大了眼睛

2016年8月19日晨

我的爷爷

河北省阜城县王过庄
村东头的庄稼地里有一片坟
那是我们家族的终点
我的爷爷住在那里已有十年
我已经习惯了他的离去
就像曾经习惯他的存在
生于斯　没于斯
一代一代像坟前的荒草
枯了绿，绿了枯，根一直在

记住爷爷名字的人，一定越来越少
除了家人，还有谁必须记住他
等我们一个个都消逝了
这个普通人注定淹没在荒草中
每个普通的人　在家人心中都不普通
每个爱过的人　他的心上都写着记忆

我只想把爷爷的名字种在我的文字里
让他在我的诗中活得更久

他一九二六年出生
十三虚岁的时候，他到北京当学徒，学记账
一九四九年后，他当会计，八十年代在供销社退休
五十年代发大水，他和同事们被困在棉栈里
没有粮食和蔬菜，顿顿都吃炒鸡蛋
连续一个月，把后半生的额度都用光
他从此再不吃鸡蛋
有人说他那一年有血光之灾
他惶惶中不知所措　最后什么都没发生
四十年后他对我说　算命先生都是瞎胡说
他有个好工作，可我小时候一直很穷
他曾带回一个机器鸡，用钥匙拧几下
小鸡就会自己跑
我和弟弟在后面快乐地追
他很疼爱我 可我只记得两次被他打
有一回和弟弟打架，爷爷一巴掌把我砍昏
好半天我才醒过来
他退休后领不到退休金
跟一帮老人去上访
他让我替他们写陈情书
但县领导说没钱就是没钱
他养鸡养羊养鸽子

养什么都挣不到钱　也许还赔了
他从不到外面剪头
让我用推子给他剃头
花白头发落了一地
夕阳照出爷孙两个人的剪影
我毕业后按月给他汇钱
他说孙子比单位可靠
临终前一个月我回家看他
大雪覆盖着大地
他时而糊涂时而清醒
他骂人只骂儿子女儿和妻子
在孙子孙女和儿媳孙媳面前咬紧牙关
奶奶说他其实一点都不糊涂
为什么骂人还挑挑拣拣

爷爷八十年的一生
在我记忆里也就短短几行
爷爷有次托梦给我，说他的杯子破了
好像是酒杯，也许是水杯
忽然惊醒过来　枕边竟已湿透
我那么真切地见到他　醒来却又失去他
我让妹妹去他坟前烧了几个杯子
我对妹妹说买杯子的钱由我来出
妹妹说，你这个钱我会收下

我们住在城市的高楼大厦
爷爷住在村外的坟茔
他从此活得比我们要长
偶尔也许会走进我梦里
我的爷爷名叫王崑山
我会让他的名字永远住在我的诗歌里

2016年8月26日

一路上见到的

那个骑着玩具车的孩子
你的终点
在哪里?

躺在汽车里自拍的男人
你会把照片
发给谁
还是要悄悄删去?

散发传单的年轻人
和我撞上的眼神
为什么犹疑
我接下那张纸
看到你的脸上露出欢喜

守着孩子的老人
你的口音
剐蹭了你的故乡
而你的故乡
也许在悄悄忘记你

即将营业的店铺
门口铺满鞭炮的红色碎片
在这个萧条的城市中
你开张就要死撑

拴在树上的阿汪
呆滞地看着路人
晚上就要成为盘中餐了
你的骨肉至亲可否获得消息？

榕树垂下一条条树根
难道你看不到
脚下是坚硬的地砖？

蓝天下的楼群
闪着虚弱的光芒
楼里住着什么人
他们今天能否
平安地回家？

一路上看到的
很快就要复制成一年
一年看到的
是否会复制成十年

我时常陷入这样的惶恐：
他们和它们
是否和我有关系
如果有关系，到底是什么关系
如果没有
我为什么必须看到他们

2016年9月8日

她在笑

在饭店,我看到一个笑着的人
她笑着点菜　端盘子　摆筷子
手脚麻利　桌椅平静
而她始终笑着

不是必须露出八颗牙齿的那种职业笑
她的笑
好像身子里已经装不下
一走路就会晃出来
一说话就会晃出来
泼溅在周围的人身上

我不知道该怎么称呼她
服务员?侍应生?大妈?
她五十多岁的身材
被统一的制服包裹着

笑得十分突出

不好意思想象她的工资
她的家庭
她的子女上学需要花多少钱
想一想都是犯罪
面对这么单纯的，无声的笑
你除了和她一起笑
只有吃饭、碰杯、寒暄
偶尔扫一眼站在旁边的她

老板喊她的时候
她笑着走过去
而她遗留在包间里的笑
沾在我的衣服上
好几天了，也没擦掉
我也不想擦掉

2016年9月11日

车停在哪里

车停在哪里
你拿着钥匙,闭着眼就找到了
不是你认识路
是路指引你

前天,车停在哪里
再前一天,车停在了哪里
以及上个月的某天
去年的某天

你忘记了所有位置
就像忘记了很多条路

2016年9月24日

公共汽车

失去的不仅仅是公共汽车
还有声音嘶哑的售票员
面无表情,抱着婴儿等人让座的年轻妇女
坐在后排打瞌睡的扎着领带的白衬衫
望着窗外神思恍惚的中年男人
大声讨论菜价的三个老太太
背着书包东张西望停不下来的小学生
以及骂骂咧咧猛踩刹车的司机

当我失去了公交车
我就不再关心那些曾经和我一样的人

2016年9月24日

父母之年

如果父母老了
如果我回到家里
只看到我自己一个人
看到尘土从棚顶上滑下
听着蟋蟀在草丛里孤鸣

这个暗疮
让我疼了二十年,三十年

子曰:
父母之年,不可不知也
一则以喜,一则以惧

而今我不喜,亦不惧
白发渐生
我就像习惯了自己的关节炎

习惯了父母渐渐老去
我搀扶着他们余下的时光
感觉到他们的骨血在我生命里延续
直到我也步他们后尘
背影消失在沉沉的夕阳里

       2016年9月28日

柿　子

你坚硬的时候像块生铁
轻松把一头驴砸哭
可所有的人都来温暖你
等你变软后
再一口口把你吃掉

你一副瞠目结舌的样子
好像你被骗了
好像你还有其他什么出路似的

2016年9月30日

深入骨髓的故乡

从深圳到衡水
列车一夜之间
把我从夏天送到秋天
平原上即将收割的庄稼
闪着露水
仿若深入骨髓的故乡
我贴紧地面
就像贴在水上的一滴重油
即使摔碎,还是漂在水面上

2016年10月2日

风吹过平原

被切掉的菜叶扔在院子里
像一滴水跳进大海
一块柿子皮被丢在墙角
一把花生壳堆在旁边
半碗剩饭倒在树下
洇湿一块土地
一个上午,最多再加一个下午
它们都不见了

凡是你能看到的死
都是死在土地上
你能见到的事物
都被土地消化了

婆媳的吵闹
邻居麻将桌上的争论

兄弟商量出外打工
小商贩的叫卖
雨声
午后风吹树叶的哗哗声
以及黑夜
黑夜里的走动
在说好的时间里腐烂
决不耽搁，都腐烂了
死在土地的怀里

风吹过平原
一切像没有发生过
平静的风下
只有土地
连起伏都没有

       2016年10月6日

倏忽鸟飞走

春江水暖鸭先知
乡间果熟鸟先知
水果不仅是人类的
也是鸟类的
甚至更像鸟类的

最早变红的苹果
变紫的葡萄
变黄的柿子
还有枣子，梨子
被鸟啄去一半
另一半哭丧着脸
风吹呜呜响
摇摇晃晃，死死抓住树枝

倏忽鸟飞走
那是真正的擦肩而过
农民一偏头
肩膀上落满羽毛的气息

自然和谐，环保生态
与农民有甚关系
他们不喜欢它们
不关心，也不恨它们
只是简单说一句
烦人。
就像淘气的孩子偷了自己的果子
擦肩而过时
各自瞅一眼
心说，烦人

然后
大宝天天见

2016年10月6日

七十九与九十七

笼头大爷去世了
终年七十九岁
此时我才知道
他大号叫王俊同
九十七岁的奶奶说
"我过门那年,
他刚过一周岁。
我记住的,还都是
他小时候的事。"
我说:
"您己目睹了他的一生。"

2016年10月4日

时　间

这是个奇怪的梦，天快亮时做的。每一个词，每一个情节都是梦里出现的。醒来后使劲捡拾，就成了下面这个样子。这也许就是纯粹的梦呓。

直接把一个人扔在上午
不让他知道具体时间
九点至十一点，你是分不清的
就像把一个人抛在半空里
飘着
落不到地上

王子维利问薇儿
现在几点
薇儿有一个表。揣在怀里
看了看，就是不告诉他
维利落不到地上

心焦　脑门冒汗
大声责骂　砸掉了薇儿的化妆盒
维利再问
现在是几点
其实　薇儿只要随便说一个时间即可
但她闭着嘴　仿佛关上通往天堂的门
躲在床的一角
维利心焦　浑身汗淋淋
吓得黑狗跑出去

皇后说　吃饭了
维利和薇儿款款走出卧室
笑盈盈地端坐桌前
上午吃晚饭
吊灯照得客厅惨白

黑狗知道薇儿已经死了
远人骑马持戟从远处奔来
哦，他还披着铠甲

　　　　　　　　　　2016年10月17日

芦 苇

其实你是树
未经长成的树。
心还没像树一样全部塞死
扎根在水里
水多凉啊
一个哆嗦,一个寒战
就是一道荡开的波纹
一层层扩到彼岸

从水边到深处
有的簇成一团,有的单独站着
就像人群一样。
远处站着一个不愿靠近人群的人

但从更远处看
还是成片的,拥挤的芦苇

平原的秋风显得凄惶
吹来时飒飒作响
成片的你们　有时候挺直腰
有时候伏下身
主要是看风怎么说
隐藏在芦苇里的野菊花
像一群警惕的小兽
默不作声
人工种植的格桑花
在花池子里　则轻松多了
鲜艳地摇头　点头
凡事都要表个态

芦苇
你的身子是铁青的绿
年纪轻轻就白了头发
还不是全白，是土黄
就像枯叶的颜色
是的
那细条状的，可以把手指拉破的尖锐枯叶

远方的岛上
一丛丛的芦苇跟你遥遥相望

天低　云暗　水冷　鸟寒
船稀　人清　岛孤
这是生活的常态

2016年10月29日

遗 忘

十年前的某天发生过什么事
仔细想都想不出来了
那些曾记忆深刻的故事
落入水井中　消失无踪

水面平静
明天的打水人
即便捞起其中一个
他也找不到主人在哪里
或许他也没有兴趣寻找

2016年10月29日

说　话

狗叫，汪汪汪，他在说话
鸟鸣，叽叽喳喳，她在说话
蚊子的嗡嗡
是翅膀摩擦空气的声响
还是在说话

他们说话
是否像人讲话那样
有欺诈、虚假、伪饰
甚至与实情完全相反

　　　　　　　　　　2016年10月29日

寻 找

在一千个人中
找到一个自己熟悉的人
不是什么难事
只要其他九百九十九个
你都不认识

就怕你认识一半
你要把一个又一个熟悉的人
择出来扔掉
打过交道的和爱过的
都成了绊脚石

2016年10月29日

最后一天

想到明天就是最后一天
就震惊于要珍惜的人太多
他们吃饭、说话、走路、发呆
都那么可爱　难舍
让我不错眼珠地盯着他们

平时太熟悉了
连个招呼都懒得打一下
笑一笑就擦肩而过
知道明天还会遇到他

即使相互之间来往不多
但我们也没什么过节
七十亿人中只遇到这么几个
冥冥中总有什么指引

如果我像拥抱最后一天一样
去拥抱他们
他们一定觉得很突兀
但他们不知道
我看到了最后一天
心中已悄悄泪流满面

         2016年10月31日

飞 奔

我毫不羞愧地在陌生人面前躺下
脱掉长外套　露出内衣
脱掉袜子
压在床头脚边
卧铺车厢里
行走的只是一具具物体

鼾声渐渐响起
我把压力交给陌生人
列车在飞奔
刚从一个陌生钻出来
又沉入另一个陌生

第二天醒来时
身边换了一个人　我依然不认识他
在躺下之前
我就已经知道了这件事

2016年11月12日

出租车

我和司机并不认识
我们并排坐着,奔往同一个方向
这时候
花钱的那个人,决定方向

另一个人
也许并不需要方向
他只知道走,走,走
不停下来,心就不慌

所以
路来了,比方向强大
曲折地,不回头地扎进深夜

影影绰绰的树
看明白了这一切
它们不走,也不说话
静静地等待天亮

2016年11月24日

遥望雪

离开东北以后
我就不再想念那里的雪
我的雪原上只有我一个人的影子
它
已随我落户深圳

你的广阔
再也覆盖不了我
你的冷
把我刚长出的花朵冻僵
依然安眠在雪下
我遥望北方
六年了

不知谁会把它翻出来
望着它　想些什么
在一个化雪的　泥泞的早晨

2016年11月27日

吃掉一片橙子

橙子切成四片
我选择其中之一
没有其他选择。

汁水从血管蔓延至身体的每个细胞
我的身体里
遍布橙子的橙色

当然,还有一些莫可名状的激荡

不能有其他东西来打扰
一片简单的橙子
此刻控制了全世界

"如果回到原味
一只橙子足以清心。"

这是我的哲理
橙子也可以换成烤地瓜
或者一根葱
一颗瓜子

总之不能有其他东西来打扰
做到这点很难

         2016年12月3日

长　大

凌晨，清冷，黑暗
我的童年和一只羊从小院里出发
村外的雪地下面
是一群等待越冬的麦苗

山羊拱开积雪
麦苗纷纷躲闪
它们还未成年
没见过什么世面
不知一生的际遇里
必定遭逢几次吞噬

我呆呆望着夜空
一个人顶着一望无际的黑
感觉它永不飘走
没有鸡鸣　没有犬吠

没有星星
陪伴我的　唯一的羊
也时隐时现
仿佛激流中漂浮的葫芦

我才九岁
带着家中最贵重的活物
去偷吃村民的麦苗
只有那一次
回家的路上
一千米的距离
颠簸出我星星点点的心如死灰
被天亮时走过的车辙
碾入坚硬的地面

2016年12月3日

清　亮

我把手伸进水晶
此刻的水，盥洗盆里的水
敲碎了的半圆形的一块块水晶
收拢在一起
手伸进去，凉意泛上来

要拒绝香皂、洗手液、洗发水
拒绝一切貌似可以让干净更干净的物质

要让我的手　我的脸
还有脖子
和必须面对的各种事物都感到清脆

要让梦境更像梦境
要让男人更像男人

天还麻麻黑
这是一日中唯一的清亮时刻

2016年12月6日

黄 昏

我只认识紫荆花
其他的,都叫不出名字
就像小区的邻居
散坐在草丛里
面熟,而且应该寒喧一句:
"看夕阳呢!"

于是,天渐渐黑下来。

2016年12月9日

邻居送来两个柚子

对门住着一对小夫妻
刚刚生完二胎
没满月就抱出门来晒太阳
在电梯里我们都夸女婴漂亮

奶奶长年帮忙带孙子
每天早晨吆喝他快一点再快一点
小男孩有时在门口罚站
可怜巴巴又倔犟地不肯认错
妈妈最后还是把他领进去

姥爷患有老年痴呆
我用钥匙开门时
白头发的他
颤颤巍巍跟我要进来
女婿赶紧跑过来

扶住他说,咱家在这边,咱家在这边

他家装修时我们去看过
三个屋子都不大但他们很满意
他们辞掉原来的工作只为离家近一些
在深圳,工作好找,房子难得
安家以后一切都显得理直气壮

一年中总共见不上几次面
有时敲门互相借个东西或送点东西
桌上的两个柚子就是邻居刚刚送来的
黄黄的大大的椭圆形
透出隔壁同我家一样的气息

2016年12月11日

暗 伤

脚踝隐隐地疼
你回想它的来历
肯定不是因为走路
跟摩拜单车也没关系

一个你永远不会放在眼里的东西
也敢威胁你
而且无法应战
看他一眼　你都败了

2016年12月17日

卖废品

废报纸多少钱一斤
不清楚
我卖过一次
好像是三毛多

小区门口的河南妇女
带着一个蛇皮袋子
和一个四五岁的小孩儿
应该是她孙女
或者外孙女
把那些报纸捆扎在一起
用杆秤称好
报了一个数目
我心生疑惑
一人高的报纸
还不到一百斤

她说老板啊,报纸很轻啦
你看我还带着孩子

岳父又在整理废旧报纸
拿一杆秤
一捆捆称好,每捆写上多少斤
我说不要称了吧
收废品的到后
他们说是多少斤
就是多少斤吧

2016年12月18日

吵

掉入声音的深渊

或曰,本就在这里
和周围的茂密森林是一体的
从树叶间抬头看见渗漏下来的阳光
而不是森严、光滑、决绝的崖壁

也没想过攀缘而上

鸟鸣、马嘶、猿啼、狮吼、狼嚎
无意义的干嚎
(其实都是无意义)
遮蔽了可能的道路
山体上画着道道沟壑

说是沉浸也罢
是接受也罢
你是融为一体的一句
你甚至不是说,而是喊
并且自己还听不到

你沉睡的时候想过静默
在乱石排布的溪畔
潺潺流水和青青野草
是深渊中最轻、最委婉的小唱
依然轻易把你淹没

2016年12月22日晨

司　机

走在同一条路上
我握紧方向盘
身前身后环绕着一路向前的
或者迎面而来的他们
一手搭着车把
一手拿电话
后座的孩子扭来扭去
在无序的鸣笛声中

红灯只制止我
身边的他们换了一拨又一拨
电单车　或者自行车
三轮车　呼啸而去
一路滚动向前的烟尘中
我和他们从一个不平等走向另一个不平等

左边的身影忽然出现在右边
忽前忽后
如同快播器里的面孔
我一个都看不清

但他们比我放松
比我沉静
动如脱兔　静若处子
坚信身外的钢铁动物
必能明察秋毫
而我端着方向盘
仿佛手持利刃的渔民
小心翼翼躲开乱纷纷游走的鱼群
擦中其中一个
我们便不得不交叉感染

　　　　　　　　　　　2016年12月23日

坏　牙

一个药片也是硬的
对于仅剩的两颗坏牙
只有汤最体贴
它直接进入嗓子
假装什么也没看见
连舌头都不为难
牙齿更不尴尬

寡淡的生活因此而延续
越来越无趣的时光
九曲回肠里　尝不到一点带盐的幽怨
水进水出
泄地无声

坚硬的东西自然香得多
其自信来源于修炼和热情

他每个细胞都充满攻击性
让你无处躲藏，甚至爱他

坚硬碰到坚硬
退却的是心软的那个
牙齿刚烈了一辈子
切割研碎了多少自称刚烈的物件
此时
忽然连妥协的机会都没了

          2016年12月23日

自言自语的人

一路说一路走
旁若无人
但也不敢大声
如同一只气球
慢慢把气放出来
而且不影响漂移

你要避开那些倾听者
避开传谣者
避免你的郁结成为他们的郁结

怨恨或欣喜
都飘散在空气中
消失了,如同扔掉一块垃圾
没有人来捡拾

你的嘴继续一张一翕
仿佛一条挣扎的鱼
在这川流不息的河里

2016年12月26日

自然醒

看看时间,一点五十
外面有轻轻的风声
也许还有淡淡星光
但被窗帘隔开了

再次醒来,看看手机
三点二十,枕边人细微的鼾声
还有不间断的舒适的风声

无任何惊扰
也没期待任何事物发生
自然醒
似乎不正常,但不知哪里不正常
所以静静看着天花板
不去伸手打开灯

2016年12月29日

嗓　子

是慢慢积聚的
这种痛不同于瞬间的痛
拳头打在眼眶上
立即青紫的那种

身体内部的嗓子
块垒由痒变痛
由咳嗽到不敢咳嗽
由肆无忌惮到小心翼翼

两盒香烟造的孽
这主动的霾
我自己点燃的霾
昨夜我在卡拉OK间
一边吞吐一边大声歌唱
汗毛激动于赞美

赞美溢满房间
从昨天蔓延到今天

藏在颈部的核心
嗓子的疼本是局部的疼
今天我要用整个身体来对冲它
它终究成为我整体的疼

　　　　　　　　　　2016年12月30日

照镜子

一定要看见自己
你这个陌生人
你才不观照什么灵魂
只想看到自己
是美丽还是丑陋
这简单粗暴的结论

这也是许多人的目的
他们认为丑陋可以修正
美丽可以加持

2016年12月30日

后 记

　　写诗时，总觉得有许多跟诗有关的话要说。突然一个机会摆在面前，让我在后记里谈谈诗歌，又无话可说了。就像一个追求了很久的姑娘，突然成为你的女朋友。

　　少年时，一直以校园诗人自居。那时的我性格暴烈，诗歌里弥漫着一股偏执之气。然后是十多年，将近二十年的离开。当然没有离开文字，我一直在写作，散文、随笔、书话、小小说等，也陆陆续续出了十多本书。一些夜晚，偶尔有一两首诗从脑子里闪过，来不及抓住它就跑掉了。我也不去追它，以为从此跟它没关系。

　　这几年我终于开始写诗，这要感谢深圳的诗歌氛围，尤其是远人兄，在我回归诗歌的道路上，他起到了不可替代的作用。

　　我的诗没有任何理论做支撑，自己想写就写了。某种意义上说，诗歌是我的日记，映照着我当下的生活。如果可以用几个字来概括，大概是清浅、纤细、琐碎和安静。平时也关心时事，风风火火地工作、策划活动，每天脚打后脑勺，实际早已经"岁月静好"。我希望这种生活持续到死。我不愿再去经历什么大风大浪，不愿再有豪情。要好的朋友邀约喝酒到半夜，我全部拒绝。对于稍

/ 227

微可能发生的改变，我都畏之如虎。

有一次曾和文友说，希望将来出一本诗集，放在图书馆的角落里。一个读者走进来，偶尔发现了它，静静地读一个下午，认识了一个叫做王大块的诗人。如此，我就很开心了。

朋友说，你这是一个很奢侈的想法呀。

但我还希望这个梦想成真。

2018年7月25日